NI NA
DUOQING DE
YANSHEN

你那多情的眼神

石国辉◎著

时代出版传媒股份有限公司
安徽文艺出版社

图书在版编目（ＣＩＰ）数据

你那多情的眼神/石国辉著. —合肥：安徽文艺出版社，2018.2
（2022.7 重印）

ISBN 978-7-5396-4657-2

Ⅰ．①你… Ⅱ．①石… Ⅲ．①诗集－中国－当代
Ⅳ．①I227

中国版本图书馆CIP数据核字(2018)第024647号

出　版　人：姚　巍
责任编辑：宋潇婧　李　芳　　　　　装帧设计：褚　琦

出版发行：安徽文艺出版社　　www.awpub.com
地　　　址：合肥市翡翠路1118号　邮政编码：230071
营　销　部：(0551)63533889
印　　　制：山东百润本色印刷有限公司　(0635)3962683

开本：880×1230　1/32　印张：4.875　字数：110千字
版次：2018年2月第1版
印次：2022年7月第2次印刷
定价：39.80元

天然去雕饰　陶然生光辉

马启俊

　　石国辉就读原六安师范专科学校中文系(现皖西学院文化与传媒学院)时,我有幸担任他的班主任。虽然师生相处短暂,但我对他的印象还是很深刻的:朴实、执着、勤奋、好学。他毕业后,我们时断时续地有些联系和交往,他也多次返回母校与老师、同学相聚,我们的师生情谊也一直延续至今。

　　国辉大学毕业回到家乡阜阳从事教学工作,后经努力,考取了国家重点大学——兰州大学历史文化学院硕士研究生,师从中国著名的丝绸之路和突厥史研究专家、甘肃省文史馆副馆长、兰州大学古籍研究所所长吴景山教授攻读中国古代史,获得历史学硕士学位。读硕期间,他就发表了多篇学术论文。这些都让我对国辉刮目相看,感叹他的成绩和进步确实来之不易。更让我惊讶的是,国辉在创作上并没有沿着学术研究的道路一直走下去,而是从历史散文写起,又进入了诗歌创作领域,并且在短时间内开辟了一片崭新的文学天地。他的历史散文《划亮男人天空的那抹彩虹》《为爱情点亮尊严》《悲情英雄诸葛亮》等见解独到，文笔优美，相继发表在《中国文艺家》《鸭绿江》等国内重要文学期刊上。其诗歌创作更是文思泉涌，佳作频出，一发而不可收，不仅荣获第二届"中华情"全国诗歌散文联赛金奖，而且诗集也将由安徽文艺出版社公开出版。国辉不同寻常的发展道路和人生轨迹确实让我对他有了新的认识，我不由得要深深地为这个不懈追求新的人生奋斗目标、不断在多个领域达到新的高度的昔日弟子感到惊喜和佩服。

　　国辉在个人第一本诗集即将出版之际，邀请我为他的诗集写篇序言。说实话，我对诗歌既缺乏阅读的爱好和写作的特长，也缺乏鉴赏和评品的能力，更缺少研究的经历和成果，因此为诗集写序确实让我感到力不从心。在推脱不了的情况下，我只得勉强答应下来，但是很长时间却不知从何下笔。出于对国辉在文学王国里的追求的感动，我只好勉为其难，就在这里粗略地谈谈我诵读国辉诗歌的一点肤浅感受，不当之处还望国辉海涵，也请读者朋友批评指正。

　　读了国辉诗集中的 90 首诗歌，我总的感觉就是作品中充满了真性情，发出的是来自心灵深处的真实声音，因此具有打动人心的力量。诗集中大部分诗歌咏叹爱情，充满了浪漫、幻想的色彩，读来让人深切地感受到一种仰慕爱情、渴望爱情、追求爱情、体验爱情，但是又常常难遂心愿的孤独、寂寞、惆怅和失落的强烈情绪。如第一辑"燃烧的思念"中的27 首诗就是如此，既有《旋涡》《风掠过》中被爱情俘虏的慌乱与投降，也有《陈旧的爱》中对往日爱的付出的留恋和感伤,既有《曾经的岁月》《记住一个城市》中的守候、等待、孤独和回忆,也有《原以为》《相思是一种病》《每到春来》《我怕踩碎月光》《这个冬天我不哭》《划破宁静》中对心上人和爱情的深深思念,既有《向你乞讨》《我只求求你》对爱情的渴望和失望,也有《灵魂在流浪》中的忧伤、惆怅的灵魂无所归依等独特体验与表达。

第二辑"遗憾的青春"中的 27 首诗是对往日青春岁月的回顾,仍然以爱情的深刻体验为主,表达的多是遗憾之情。如《你不该》《你那多情的眼神》《连续播放》表达的是青葱岁月初恋留下的深刻印象,《永不褪色的爱》《让人揪心》《无缘》《那个年轻的夜里》《怎样的坚强》《那年》《只能庆幸》《最有价值的记忆》中回忆尘封的往事和爱情,表达的是遗憾和失落、痛苦和忍耐,《撕裂》《温柔的折磨》表达的是迎接情感的折磨和心灵的任意撕裂,《寂寞的夜晚》表达的是女性的孤独与寂寞,《莫名的伤痛》表达的是失恋的痛苦和无奈。

第三辑"激情的岁月"24 首诗,仍然是对青春的激情、痴迷的爱情的情感表达。如《面对月光》中痴情的心,《你走了》中被偷走灵魂的躯壳,《如何不疯狂》中多情的种子叫人疯狂、迷失方向,《突然滑落》中无聊、思念、孤独和寂寞的情感,《又有何益》中爱情照亮了"我"寂寞的岁月,《令我心碎》中亲爱的人眉头一皱,就令"我"心裂肺破。

第四辑"人生的感悟"12 首诗在爱情诗之外,表达了更加广泛的情感,有的是献给普天之下伟大的母亲(《母亲》),有的是纪念忠厚的长者(《纪念一位忠厚的长者》),有的是同情打工者(《打工的泪》),有的是对繁华落尽、梦想成空的人生体悟(《梦想成空》),在《从明天开始》中,作者则表明了从明天开始,要做一个真实的人、正直的人、透明的人的美好愿望。

正是因为国辉情感真实,发自肺腑,才能使诗歌的语言流畅自然,开头结尾、句式长短、上下衔接、对仗与否,都能恰到好处。可谓天然去雕饰,陶然生光辉。如第一辑的《一朵花香》:"抚琴看鹤/依枕听风/阅尽沧桑/历经风雨/终于明白/一个人的存在/总有他的价值/总有一些人/会回忆起你/就像天空/不会忘记/每一朵花的香。"在整齐中有变化,结尾点题,整首诗和谐自然,韵味悠长。

国辉的诗歌没有生僻的字眼、别扭的语句、怪异的表达、难解的诗意,有的只是平实的语言、质朴的情感,因此读来毫不费力,容易形成共鸣。如第一辑的《难以偿还》:"就这样走着/不知道/还要走多久/寂寞/继续延伸/月光/微微喘息/我把忧伤/洒进风里/溅起/一声声喧哗/你的目光/脉脉地/沐浴着我/让我一生/难以偿还。"

国辉的诗歌在平易的语言中透露出诗化的情思,因此诗中的自然万物都带上了诗的色彩,显得浪漫而巧妙。如第二辑的《走过桦树林》:"每次/走过桦树林/不由得/想起你/你我的相遇/在这桦树林/那些日子里/阳光很明媚/我们在一起/相互诉心语/数星星 望月亮/听潮落看云起/今天/又过桦树林/我的心已碎/就是/这片桦树林/你我道别离/如今俱是异乡人/相隔千万里。"诗中的桦树林、阳光、星星、月亮、浪潮、白云构成了抒情表意的情境,营造了从相遇到别离的情感变化氛围。再如第三辑的《一个小木屋》："我的爱人/我一直想/用诗稿/为你搭建/一个小木屋/然后/我们再逐行/寻找那些/为你写的诗句。"小木屋与诗行的结合，就是情感表达自然而奇妙之处。

当然，国辉从事诗歌创作的时间不长，作品的数量还不多，因此诗集中部分诗歌还稍显稚嫩。他的诗歌以抒发爱情为主，其他方面涉及不多。

国辉在《诗若闪亮 自有光芒》一文中说道："诗歌，唯独诗歌才是灵魂的独白，是孤独的狂欢，是苦难生活的明灯，是冰冷世界的阳光。""诗歌是文学王冠上最闪亮的明珠，而爱情则是诗歌永恒的主题。""讴歌爱情，就是讴歌青春，讴歌生命，讴歌永恒。咬碎苦难，穿越无奈，一抬头，曙光就在前面。"国辉的第一本诗集正是他对诗歌的深刻体验和真情表达，是他在繁忙的工作之余用心血和智慧凝结而成。我们期盼他不忘初心，砥砺前行，扬长避短，弥补不足，在不久的将来有更加优秀的诗作问世，让他的人生在诗歌的国度里闪射出新的光芒。

2017 年 11 月 27 日写成于不舍斋

（马启俊，皖西学院文化与传媒学院院长，阜阳师范学院兼职硕士生导师，安徽省精品课程《民间文学》负责人，皖西学院科技创新平台寿县楚文化研究中心、中国语言文学重点建设学科、语言学教学团队负责人。）

诗若闪亮　自有光芒

石国辉

人有了食物才能生存,拥有希望才是生活。我们行走在人生这个喧哗浮躁而没有归程的旅途上,在坎坷中奔跑,在磨难中成长,惆怅塞满全身,无奈飘洒一地。我们累,却无从停歇;我们苦,却无处诉说。诗歌,唯独诗歌才是灵魂的独白,是孤独的狂欢,是苦难生活的明灯,是冰冷世界的阳光。知我者谓我追求,不知我者谓我无聊。

当灵魂脱离肉体来俯瞰整个宇宙,会发现生命何其渺小,人生何其短暂。江流有声,月华如故。所有的东西都随风飘逝的时候,能让往事历历在目的唯有文学和艺术。"屈平辞赋悬日月,楚王台榭空山丘","盖文章,经国之大业,不朽之盛事"。

迎风漂泊,随遇而求,走在失败的路上,咀嚼孤独,品味寂寞,忙碌追求生活,闲暇涂抹人生。看花枝秀灿烂,听鸟语唱婉转。诗歌是文学王冠上最闪亮的明珠,而爱情则是诗歌永恒的主题。爱像一朵云,舒卷于天空;爱像一枝花,芬芳于田野;爱像一帘梦,憧憬着心灵。

讴歌爱情,就是讴歌青春,讴歌生命,讴歌永恒。

咬碎苦难,穿越无奈,一抬头,曙光就在前面。

目　录

辑一　燃烧的思念

辑二　遗憾的青春

辑三 激情的岁月

辑四　人生的感悟

附　　录

辑一

燃烧的思念

旋　涡

我不知道

为什么

一接触

你的目光

我就

心慌意乱

束手就擒

你的柔情

是我今生

无论如何

拼命努力

也

走不出的

旋涡

难以偿还

就这样走着

不知道

还要走多久

寂寞

继续延伸

月光

微微喘息

我把忧伤

洒进风里

溅起

一声声喧哗

你的目光

脉脉地

沐浴着我

让我一生

难以偿还

曾经的岁月

还记得那些

曾经的岁月

我总是

弹着那把

破木吉他

守候在你

必经的路旁

揪心地等待

等待你的

悄然出现

明明为你

跋涉千里

却还装作

偶然相遇

你的柔情

照亮了

我的黑暗

遇见你

温暖了

我的孤独

陈旧的爱

我不知道

你是否会

在某个清晨

从梦中醒来

突然

把我想起

想起

我对你付出的

那些陈旧的爱

然后

又不动声色地

把它藏好

藏到

那任何人

也无法触及的

角落

原 以 为

我

原以为

就这样

能轻描淡写地

将你忘却

可

谁知

离别后

思念

是一株

没有年轮的树

在我心中

恣意生长

一朵花香

抚琴看鹤

依枕听风

阅尽沧桑

历经风雨

终于明白

一个人的存在

总有他的价值

总有一些人

会回忆起你

就像天空

不会忘记

每一朵花的香

相思是一种病

我也想

不再

把你思念

也试图

淡忘

所有的过往

可是

你的身影

每夜总是

不请自来

如果说

相思是一种病

那我早已

病入膏肓

无医可求

无药能救

每到春来

每到春来

惆怅依旧

我把

对你的思念

写满

云淡风轻的

天上

伴随你

流浪四方

如果有一天

如果有一天

我随风消逝

只要你能

为我流下

一滴

悲伤的泪

我就感到

无限的荣耀

遇见你

是我一生的骄傲

失去你

是我不可原谅的错

向你乞讨

我是个乞丐

来到

你的城门

向你乞讨

乞讨

曾经

被你掠走的

我的魂灵

我只求求你

的确

我的要求

并不高

我从来没有

希冀

与你相爱终生

更没想到

和你牵手一世

我只求求你

把

被你偷走的

我的心

还给我

记住一个城市

记住

一个城市

是因为

一个人

我

一路过

你的城市

就不由得

想起

你

我怕踩碎月光

我怕

踩碎月光

会使你

疼痛

因为

在我眼里

这月下

到处

都弥漫着

你的倩影

风　掠　过

风掠过的时候

你清脆的歌声

擦伤

我的耳膜

俘虏

我的感情

从此

我的一生

受尽

你的折磨

划破宁静

此刻登高

望断天涯

雨划破

天空的宁静

飘洒着

我对你的念

别问我

是否

还爱你

只要

远方传来

有关你的

只言片语

我都会

——收藏

灵魂在流浪

不要问我

为什么忧伤

不要问我

为什么惆怅

没有你的

岁月里

我的灵魂

在流浪

那夜的月光

听说

你想到山里

来看我

那坡上

密密麻麻地

种满了

山茶和相思树

斜阳

还是当年的斜阳

年轻的你啊

可知道

无论

我们

从哪个山路入口

都无法

找回

那夜的月光

这个冬天我不哭

就是

这个冬天

你走向远方

我目送你

再次

离我而去

我满腹凄凉

无处可说

我不会忘记

你的温柔

也不会模糊

你的眼泪

但是

这个冬天

我不哭泣

也不再心碎

只是把

对你的思念

写满天空

随雪飘去

无言的天空

别再幻想了

刻在石头上的

思念

只能

孤零零地

守在那里

寂寞地仰望

无言的天空

取　暖

山在沉默

风在呼啸

在这冰冷的

世界里

我只能

用

对你的思念

烤火取暖

一无所有

就这样

静静地

悄悄地

徘徊在

你的窗前

任何语言

都是多余

除了

对你的

思念

我

一无所有

如期而至

莲开放的

那天

我的灵魂

不由自主地

飘荡

你的倩影

总是

如期而至

进入

我的梦乡

占据

我的心房

肆意地

撕咬

我破碎的心

撕　咬

多年之后的

重逢

一切

都已定型

没有什么

可以

重新选择

即使

面对皎洁的月光

我也只能把

含笑写下的相思

还有

流泪种植的悲伤

埋在心底

任它撕咬

我凋零的心

干枯的心

是完全的
无望了
可思念
却总是
不请自来
如寂寞的
春蚕
默默地
吞噬
我那
干枯的心

我的心底

至今

还会

不时地

想起你

却忘了

你早已远去

从此

只有孤零

与我相守

只是

我想告诉你

你的长发

你的芳香

还藏留在

我的心底

肆意折磨

你说过

就这样

分开吧

不再诱惑

可是你的身影

为什么

总还是

习惯性地进入

我的心灵

肆意折磨

我的情感

我不想再挣扎

我不想再挣扎

也不想再努力

更不愿再思念

可是

多情的你呀

为什么

夜夜总是

不请自来

进入我的梦乡

将我的心

囚禁　撕裂

任由碎片

飘洒在

岁月的长河里

辑二

遗憾的青春

你 不 该

其实

我从未向你

提出

任何要求

也没想过

会赢得

你的青睐

在那个

春光明媚的日子

你从我身旁

静静地走过

也就罢了

只是

你不该

不该回头

又看我一眼

因为这

让我丢失了

整个

做梦的季节

永不褪色的爱

我

并不是

并不是只有

对你的记忆

要知道

我还有好多

好多的爱

未来得及

向你诉说

今夜

梳理发霉的心

忽然想起

那些

尘封的往事

年轻的你啊

是否

还在

回头张望

苦苦等待

等待我的那份

永不褪色的爱

让人揪心

多年之后

在深夜

某个角落

还能

咀嚼着

彼此的身影

呼唤着

彼此的名字

进入梦乡

请问

人世间

还有什么

比这脸上

洒满的幸福

更让人揪心

无　缘

这么多年

都已经过去

这么多的泪

都已经流尽

一切

都已烙上

清规戒律

没有什么

我们

还可以

自由地支配

面对

如水的月光

和你那

醉人的温柔

我只能

含着泪

不动声色地说

今夜

月朗星稀

云淡风轻

你可知道

你可知道

我的委屈

你可了解

我的伤悲

为了你

我丧失尊严

为了你

我甘愿忍受

闲言碎语

冷嘲热讽

那个年轻的夜里

只要

在我们心中

永存一首歌

就这样

忧伤以终老

也没有什么

悲愁与烦恼

因为

只有

我俩知道

在那个

年轻的夜里

这首歌

我们曾经

一起
唱过
并
哭过

走过桦树林

每次

走过桦树林

不由得

想起你

你我的相遇

在这桦树林

那些日子里

阳光很明媚

我们在一起

相互诉心语

数星星　望月亮

听潮落　看云起

今天

又过桦树林

我的心已碎

就是

这片桦树林

你我道别离

如今俱是异乡人

相隔千万里

怎样的坚强

我得有

怎样的坚强

才能

在众人面前

微笑地

和你

握手寒暄

不动声色

一如从前

然后

若无其事地

目送你

再次地

再次地

离我而去

断　裂

我以为

只要把你

藏在

内心深处

某个

不为人知的

角落里

绝口不提

就会把你忘却

可不眠的夜啊

早生的华发

又暴露了

我的秘密

原来

爱上一个人

就是迎接

情感的折磨

就是

把心掏出

送给对方

任意撕裂的

过程

那　年

那年

栀子花开了

在一个

有着白云的午后

你青青的衣裙

如一抹绚丽的彩虹

闪进我的心田

从此

让我一生

无法安静

你那多情的眼神

还有什么

可以给你的

重逢之后

我们只能说

天气真好

有微风　白云

还有

那溶溶的月光

你那多情的眼神

直到现在

我还不敢

抬头仰望

只能庆幸

人世间的一切

我还能

改变什么

无论

悲欢与离合

还是

来路与去处

亲爱的

除了

对你的思念

我已一无所有

面对舞台

抚摸沧桑

我只能庆幸

曾经与你

闪亮登场

云的出岫

春天来了

就像云的出岫

你一定要谅解

谅解一个女子

莫名的忧愁

无端的烦躁

她不是

抱怨什么

也不是

寻找什么

她只是

只是寂寞

连续播放

我从你的世界

经过

你的眼神

照亮了我

我不惊慌

也不失措

只是

偷偷地记录下

每个

有关你的细节

好在

每个孤独难眠的

夜晚

连续播放

一种向往

我坐在草原上

遥望着天空

静静地等待

等候你的

悄然来临

你曾经

答应过我

要和我一起

走上那条小路

还有那个桦树林

只要有你的旅行

对我

都是一种向往

寂寞的夜晚

在那个

寂寞的夜晚

天空中飘着

碎雨

你一定

要原谅

一个在风中

写诗的女子

她不是

在玩游戏

也不是

想表现什么

她只是

在消费孤独

安置何处

我不明白

再见面时

为什么

你我心中

还会有

轰然的狂喜

握手寒暄

互相祝福

我想知道

这么多年

我那被你

偷走的心

让你

安置何处

最有价值的记忆

真的

我也知道

我的爱

很卑微

如春天里的野草

不堪一提

在你面前

我没有什么自尊

我爱你

这是

我自己的事

最初不表白

最终不纠缠

只要

你的世界

我曾来过

这就是

我一生

最有价值的记忆

温柔的折磨

一接触

你的眼神

我就

紧张不已

难以呼吸

听到

你的脚步

我就

惊慌失措

内心惶恐

我

一次又一次地

反省自己

终于发现

爱上你

就是要忍受

温柔的折磨

莫名的伤痛

不要再幻想了

一切都已被禁止

你有你的轨道

我有我的航线

只能遥遥地相望

互相殷殷地致意

却永远

不可能再交会

只是在某个

暗流涌动的夜晚

我的心里

会有些许

莫名的伤痛

不堪一击

也许

我不该

给你写信

也不该

用眼睛

告诉你

我内心的秘密

在你面前

我努力

建构尊严

可总是

不堪一击

轰然倒塌

唯一的希望

你的温柔

从遥远的天空

又一次

准时地滑落至

我的枕边

你的微笑

烘烤着

漫长的孤独

点燃了我

唯一的希望

你可能不知道

整个夜晚

我都是这样

站在寂寞的风里

眺望远方的你

回想初次

初次抚摸

你的长发

还有

离别时

你忧郁的面容

你可能不知道

直到现在

你的眼泪

流在我心里

还是热的

——浇灭

还能再说什么呢

你的青春

曾经是

一抹阳光

照亮

我潮湿的心

远方的思念

轻轻鞭打

我无奈的天空

岁月

将斑驳的希望

——浇灭

遍地的寂寞

这遍地的寂寞

如

沸腾的水

烫伤

所有的夜晚

月光

洒在上面

掀起

阵阵波涛

浇灭

燃烧的希望

沉寂的心

你说过

不再诱惑

让梦想枯萎

让相思干涸

可为什么

你那

一泓清澈的

眼神

又时时挑逗

我不甘

沉寂的心

内心的折磨

是的

一路走来

所有的激动

都已冷却

所有的幻想

都被浇灭

繁华落尽

美梦成空

就这样

我只能忍受

内心的折磨

即使面对

皎洁的月光

我也不会

再发一言

辑三

激情的岁月

你脉脉的眼神

风不能

使我惆怅

雨也无法

让我忧伤

但清纯的天使啊

你脉脉的眼神

总是

让我

无力抵抗

身不由己地

向你投降

再看你一眼

我多想

再看你一眼

在这

离别的时刻

可是

我不敢

我怕

被你摄走

我的

魂灵

平静的表面

认识你

我的命运

变得

潮湿

在最平静的

表面

忍受着

爱情

甜蜜的折磨

爱情是毒酒

你脉脉的眼神

点燃了

我熊熊的烈火

恋上你

是我真心犯的错

如果说

爱情是

一杯

斟满的毒酒

我仍会

毫不犹豫地

一饮而尽

我情愿

在

爱的幻想中

随风飘逝

抖落不掉

从你眼角

射出的温柔

穿透我的胸膛

点燃了

我尘封的热情

任时光憔悴

岁月凋零

也抖落不掉

早已

嵌在

我心里

对你的

已发霉的爱

等了许多年

那天

山风轻轻

拂过百合

几抹白云

悠闲地飘洒

在天边

你对我

微微地笑着

不发一言

而我

为这

已等了许多年

面对月光

面对月光

我

总是

惴惴不安

今宵注定

又是个

不眠之夜

你

走进我的梦

成为主人

肆意鞭打

我那

痴情的心

你 走 了

你走了

在这

寂静的夜色中

只留下

月亮　星星　微风

还有我

这副

被你偷走

灵魂的躯壳

如何不疯狂

邂逅你

我迷失了方向

你对我说

别受诱惑

我茫然地

摇了摇头

既然

你已洒下

多情的种子

叫我

如何不疯狂

突然滑落

无聊时

把岁月

剪成思念

上面印满了

孤独与寂寞

只是

在一遍又一遍

翻寻时

突然滑落

你的倩影

内心的疼痛

不是

所有的悲伤

都值得回味

不是

所有的爱情

都会被忘记

只因

你的身影

已嵌入

我的梦里

年年春回时

我总是

忍受着

内心的疼痛

不堪回首

那不堪回首的

岂止是

过去的时光

还有那

老去的青春

沸腾的激情

以及你我

在如水的

月光里

留下的背影

一个小木屋

我的爱人

我一直想

用诗稿

为你搭建

一个小木屋

然后

我们再逐行

寻找那些

为你写的诗句

为了倾听

为了倾听

你的呼吸

我装作

去捡拾垃圾

故意走到

你的身边

弯下腰去

春天会早到

如果

你能觉得

春天会早到

我将感到

无限欣喜

因为

这正是

我为你

祈祷的结果

不再澎湃

不要对我

许下诺言

也不要安慰

我受伤的心

既然

你的目光

搅乱了

我的心湖

还有什么

能让它

不再澎湃

又有何益

月华无声

这静静的月光

烘托出

你的美丽

你的柔情

照亮了

我寂寞的岁月

我不敢想象

假如

失去了你

即使

赢得了世界

又有何益

令我心碎

风不能

使我哭泣

雨不会

令我流泪

可是

亲爱的人啊

只要

你的眉头一皱

就

令我心碎

难以抵抗

我不明白

为什么

你内心

微妙的活动

都会牵动

我的感情

为什么

你清纯如水的

双眸

总让我

难以抵抗

今夜的我

今夜的我

并无什么

奢求

我只想知道

既然

你已

在我心田

洒下

温柔的种子

让我如何

才能不疯长

惊慌失措

多年之后

我还记得

初次读你

面红心跳

惊慌失措

走进你

如同进入

风景胜地

只顾迷恋

却忘记了

自己的方向

你的温柔

就算

远隔

千山万水

我也能

听到你的呼吸

闻到你的芳香

你的目光

早已把我

一圈圈锁定

无论我

怎样努力

也逃不出

你的温柔

还烧烤着

既然

你已同意

就此分手

各奔东西

可为什么

你多情的目光

还烧烤着

我的世界

峭立的岩石

如果

你是海边

峭立的岩石

我就是

那汹涌不已的波浪

轻轻地拍打

是我终生的

追求

远远地守望

也是一种享受

辑四

人生的感悟

母　亲

谨以此文献给普天之下伟大的母亲

您额角的皱纹

是苦难的堆积

您满头的银发

是岁月的奖赏

您憔悴的身躯

拽拉着时代巨轮

您沙哑的声音

唱响生命之歌

黑夜

冰冷了您的梦想

历史

照亮了您的坚强

纪念一位忠厚的长者

今天

那一刻

时间都为你颤抖

你在天空

画了一个

凄美的弧

将生命

一饮而尽

或许

世界太喧闹了

你只是

在寻找

自己的那份宁静

那里

没有痛苦

也没有眼泪

只有

你的微笑

一如当初

冰冷而灿烂

从明天开始

从明天开始

我要做一个真实的人

我要告诉世界

我是个大写的人

我要有胸怀

我要敢担当

我不再为见领导

而惴惴不安

也不再为他人

无意中的一句话

胆战心惊许多年

从明天开始

我要做一个正直的人

我不再为掩盖自己

费尽周折

我要勇于战斗

坚持真理

我不再畏首畏尾

敢于对邪恶说不

我要对乱丢垃圾的人说

你现在就捡起来

我要对在公共场所

大声喧哗的人说

闭上你的嘴

从明天开始

我要做一个透明的人

不再顾忌世俗的眼光

和一切的条条框框

不再人前装欢

故作潇洒老练

我要对世界

说出我的态度和追求

请 不 要

请不要

探询荷花的消息

还有当年

山月的踪迹

沉船时

一切

都来不及收拾

如同

花开花落

幻成整个春季

缘来缘去

就是

人的一生

太阳是我的船

太阳是我的船

我划着它

去

寻找光明

风遮住了

我的眼

梦想成空

人生

无论怎样的

热烈欢呼

漂泊流离

闪亮登场

黯然泪下

到最后

一切喧闹

都将

归于平静

所有的结局

全都写好

繁华落尽

梦想成空

打工的泪

打工的泪

流呀流

流荒了庄稼地

流碎了儿女的愁

打工的泪

流呀流

流弯了父亲的背

流白了母亲的头

打工的泪

流呀流

流过了千山万水

流遍了春夏秋冬

打工的泪

还在流

流到何时是尽头

鲁　迅

终日著文费周章，

个中滋味谁能尝？

高卧常有梁父吟，

安居酷似五柳闲。

王　昭　君

一自明妃出汉乡，

千古骚人费评章。

君王早蓄英雄志，

琵琶哪有曲中伤？

　　注：杜甫的《咏怀古迹·其三》中有"千载琵琶作胡语，分明怨恨曲中论"，今反其意而用之。

绿　珠

金谷桃李满院墙，

人面春色斗菲芳。

阿郎若报济国志，

贱妾岂能坠斜阳？

注：金谷园，西晋豪富石崇的别墅。

石崇生活奢侈，好美色，无报国之志。

绿珠乃石崇爱姬，被军阀孙秀看中，夺之，石崇不与。

孙秀乃诬陷石崇系狱，日暮，绿珠于金谷园坠楼身亡。

后石崇亦被杀。杜牧曾作"日暮东风怨啼鸟，落花犹似坠楼人"惜之。

书 怀

年少意气强，
猛志世常轻。
但存精卫心，
何愁海难平？

寄　内

离家已三年，
得书才半行。
为解缠绵意，
灯下百回览。

附 录

划亮男人天空的那抹彩虹

"君生我未生,我生君已老。恨不生同时,日日与君好。"就大多数女子来讲,人生的价值不是丰衣足食,不是迷倒众生,更不是权倾天下,而是在最美丽的时刻,遇到最可意的人,志趣相投,才貌相当,两情相悦,醉享温柔;愿得一心人,白首不相离。因为爱情、婚姻、家庭对女人来说犹如空气和阳光,受益而不觉,失之则心碎。

世上的美女,有的是花瓶,了无生机;有的是流星,转瞬即逝。而林徽因的美是传奇,是经典,是永恒,是浅吟低唱的唐诗宋词,是千百年来冰冷的历史对女性重压之下的一道靓丽风景,是划亮男人天空的那抹绚丽的彩虹。

她,出身名门,家世显赫;

她,清纯秀丽,貌倾天下;

她,才气逼人,学贯中西。

徐志摩为她离婚,梁思成伴她终老,金岳霖因她不娶,胡适之是她的挚友,沈从文是她家常客,傅斯年为她抱不平,费慰梅(美国研究中国艺术和建筑的著名学者,费正清的夫人)是她的闺蜜。要知道,这些都是当时的顶尖贤才,大师文豪,风云人物。

林徽因祖籍福建,1904 年 6 月 10 日出生于杭州。父亲林长民毕业于日本早稻田大学,曾任北洋政府司法总长。1919 年 5 月,他在北京《晨报》上把巴黎和会有关中国屈辱外交的内容最先捅了出来,引发了轰轰烈烈的五四爱国运动,受到北洋政府的不满和排挤。

1920 年,林长民遂以"国际联盟中国协会"成员的身份被政府派赴欧洲访问考察。林徽因便陪同父亲来到了英国。在异乡他国,父亲经常出去参加各种社会活动。而林徽因只能一个人整天待在书房里,敞开心灵摄取、吸收来自这个新世界的印象和知识。远离故国、远离同伴,使她时常感到深深的孤独和莫名的哀愁。对于一个女子来说,年轻加上才华已经是一种富足,而上天又赋予她绝世的美貌和寂寞的岁月,这一切让人心里隐隐不安。

1920 年 11 月 16 日,林徽因心静如水的生活被一个叫徐志摩的年轻人打破。徐志摩拜访林长民,两个学识渊博、气度非凡、坦率天真的大男孩很快就成了相见恨晚、无话不谈的忘年交。他折服于林长民的学识,认为他是一个进能安邦济民,退可著文千古的志士豪杰。但谁也料想不到,随着出入林家次数的增多,已为人夫、人父且多情善感的徐志摩,竟"醉翁之意不在酒",他渐渐地发现富有灵气的林徽因很不寻常,他陷入了不可自拔的爱恋状态。一个风流多才的男子一旦邂逅彩虹般绚丽的妙龄女郎,就会发现其他的一切都不过是匆匆浮云。于是他像个老练的猎手,用诗歌做武器,向自己的猎物发起疯狂的进攻。

林长民很快就发现徐志摩对女儿的感情逾越了正常友谊的界限,遂以父亲的名义写了封信给徐志摩:

志摩足下：

　　长函敬悉，足下用情之烈，令人感悚，徽亦惶恐不知何以为答，并无丝毫mockery(嘲笑)，想足下误解耳……友谊长葆，此意幸亮察。敬颂文安。

弟长民顿首　十二月一日

徽音附候

　　爱不只是一颗心唤醒另一颗心，而是两颗心共同的撞击。或许，在爱情里没有对与错，只有爱与不爱。

　　"我之甘冒世之不韪，竭全力以斗者，非特求免凶惨之苦痛，实求良心之安顿，求人格之确立，求灵魂之救度耳……我将于茫茫人海中访我唯一灵魂之伴侣。得之，我幸；不得，我命，如此而已。"

　　就在徐志摩不顾一切甚至抛妻弃子地去追求"真爱"时，林长民却带着女儿不辞而别，从伦敦回到国内。与此同时，林徽因和梁思成也火速地完成了订婚仪式。徐志摩眼看"大势"已去，只能以一首《偶然》来抒发自己的惆怅、遗憾、无奈之情：

　　　　我是天空里的一片云，

　　　　偶尔投影在你的波心——

　　　　你不必讶异，

　　　　更无须欢喜——

在转瞬间消灭了踪影。

你我相逢在黑夜的海上，
你有你的，我有我的，方向；
你记得也好，
最好你忘掉，
在这交会时互放的光亮！

一个妙龄女子，宛如一朵昼夜盛开的鲜花，多么渴望痴情的人前来采摘。然而世事茫茫难预料，不如意者常八九，"一片芳心千万绪，人间没个安排处"，又有多少妙龄女子往往等到她们凋零的时候，痴情的人儿才姗姗来迟？但林徽因是幸运的，也是聪明的，她没有错过生命中最美的季节。她明白，嫁给一个人，就是要嫁给一种生活、一种教养、一种理念。梁思成不仅有俊朗的外表、显赫的家世、渊博的学识，更重要的是还有包容大度的胸怀。他在情感上给了林徽因整片的星空，好让她自由地取舍。当年，梁思成的"老婆是自己的好，文章是老婆的好"，虽然含有自嘲的成分，但也表现了梁思成的得意与骄傲。当林徽因向他倾诉同时爱上两个人的苦恼时，他真诚地说："你是自由的，只要你幸福，我会尊重你的选择。"真爱自己的妻子，他就会爱她的选择。大爱无形，无处不在；真爱似水，源源不断。

如果说，梁思成是古朴的小河，林徽因就是潺潺的流水；梁思成是温暖的港湾，林徽因就是待归的航船；梁思成是无言的天空，林徽因就是绚丽的彩虹。

从 1930 年到 1945 年,他们利用自筹的资金,扛起了"中国营造学社"的大旗,这是个专门研究中国古代建筑的民间学术机构。他们克服资金短缺等重重困难,走遍了中国 15 个省,200 多个县,考察测绘了 200 多处古建筑物。河北赵县隋代的赵州石桥、山西五台山唐朝的佛光寺、山西应县辽代的木塔等,这些中国现存最古老的建筑、世界建筑文化的瑰宝,都是通过他们的发现、测绘、记录,才得到了世界的认识,受到了应有的保护。

不管是黄沙遍地,还是穷乡僻壤,不管是烈日炎炎,还是白雪飘飘,他们都风尘仆仆,颠沛奔走,不厌其烦,不畏其难,入得荒山,耐得寂寞,默默地发现、挖掘、测绘、记录、保护着中国的古代建筑。建筑是文明的积淀、凝固的音符、无言的诗歌。

抗战胜利后,他们参与了清华园的重建以及清华大学建筑系的创办。新中国成立后,他们终于迎来了属于自己的时代,积极主动投入祖国的各项建设中去,如主持国徽图案的设计、人民英雄纪念碑的构建、北京城古建筑的保护等。梁思成被聘为清华大学建筑系主任、北京市都市计划委员会副主任。林徽因也从"梁思成太太"的称谓中走了出来,有了自己的事业,被聘为清华大学一级教授、北京市第一届人大代表、全国文代会代表。

徐志摩拜访婚后的林徽因,不好意思一个人见,于是拉着金岳霖一块去。金岳霖,清华大学毕业,后留学美国,获哥伦比亚大学政治学博士学位,1925 年回国任教,参与创建清华大学哲学系并担任系主任,后历任清华大学文学院院长、北京大学哲学系系主任等职务,著有《逻辑》和《知识论》等书,构建了中国哲学史上完整的知识论体系。就是这样一位身名显赫、通古博今的哲学大师,初见林徽因就被她的美艳和才气所折服,"恨不相逢未嫁时",从此一生,逐"林"而居,不再言情。当然,他从来没有说要爱她一世,也没说要等她一生,他只是默默地做了这一切。爱她却舍不得让她做出艰难痛苦的抉择,因此,他只能这样沉默,一个人担当。被人爱着是一种幸福,爱着别人是一种享受。爱一个人并不一定非要拥有,能够远远地看着,不动声色,若无其事地爱着,这才是爱的真谛、爱的本质、爱的最高境界。

林徽因去世后,在她的追悼会上所送的各式各样的挽联中,金岳霖和邓以蛰两位教授题写的格外引人注目:

一身诗意千寻瀑,万古人间四月天。

她的生命中,有高贵,但无傲气;有贫困,但无抱怨;有磨难,但无遗憾;有随和,但无庸俗;有机警,但无权诈。

"一身诗意"的林徽因在 1955 年那个春光明媚的四月随风飘逝了。一个女子在人世间所能期望拥有的一切她都拥有了:家世、美貌、才学、阅历、地位、爱情、婚姻、孩子、友谊、自由,这真是一个受上天垂青和眷爱的最富有的女子啊!

(原载《中国文艺家》)

为爱情点亮尊严

"昭君出塞怨恨多,贵妃血溅马嵬坡","马嵬坡下泥土中,不见玉颜空死处",长安西边一百多里的马嵬驿站,注定是大唐帝国的一场梦魇,一场难以言说,无法启口,越想越疼又不得不说的梦魇。

该地在关中西部。江流有声,月华如故,稀稀落落的几个村子在时光的掩映下若无其事地静默着。唯有当地的农民身影晃动,东奔西走地忙碌着。他们或许早将那尘封了千年的往事忘却。时光虽是一把利刃,能割痛山脉,割出沟壑,割白头发,却割不断那场恋情。

这世界上貌似有很多的路。在启程的时候,我们以为自己的未来充满无限可能。但是往往在人生的岔路口,我们无力去选择,只能跟着时代的大潮,随波逐流。就算重来一次,如果大气候与小环境都没有改变,人生也只能大同小异,包括爱情。

爱情对于男人来说,只是生活的一部分;但对于古代的女子来说,则是生命的全部。每个女子最初的心愿就是找到一个可以依托终身的肩膀。"易求千金宝,难得有情郎。愿得一心人,白首不相离。"青春年少而又天生丽质的杨玉环更不例外。一个偶然的机会,幸运女神突然眷顾了这个"通音律、善歌舞"的女子。唐玄宗的女儿咸宜公主在洛阳举行婚礼,杨玉环也应邀参加。咸宜公主的同胞弟弟寿王李瑁对杨玉环一见钟情。唐玄宗在武惠妃的要求下,当年就下诏册立杨玉环为寿王妃。婚后,两人甜美异常。

但历史的滚滚巨轮总是让普通人身不由己、情不由己,就在杨玉环以为找到真爱,准备缠缠绵绵地倚在爱人的肩膀上平平淡淡地过完一生时,一件突然发生的事情扰乱了她平静如水的感情。

唐玄宗最宠爱的武惠妃去世了,让他久久郁闷,不能释怀。据说忘记一个女人最好的方法就是找到另一个能替代的女人,于是杨玉环来到他身边。当然,这并不是真正爱情的开始,只是权力对爱情的奴役。爱只有在平等的地位上才能产生,而且不附加任何条件,可唐玄宗与杨玉环并不平等。唐玄宗作为封建社会至高无上的皇帝,对女人可以任意取舍,而杨玉环对唐玄宗只能完全服从。当眼泪流尽的时候,剩下的都是坚强。杨玉环开始尝试着用女人的温柔和妩媚来填补这些差距。

随着时间的推移,他是"真"爱了,爱得没了主张,爱得无可奈何,爱得三千佳丽被视作路人,爱得万里江山忘记经营。作为一个男人,终其一生都在寻找这样的女人:在她的怀抱,焦虑、烦恼、钩心斗角、尔虞我诈,全都被抛在九霄云外。在那温柔的港湾里,可以彻底地放松自己的一切,唐玄宗这个老男人幸福地醉了。醉是一种愉快得灵魂脱离了肉体忘记周围一切的境界。醉枕美人膝,醒握天下权。

　　长安回望绣成堆,

山顶千门次第开。

一骑红尘妃子笑,

无人知是荔枝来。

　　在动用整个国家的力量来满足个人喜好面前,没有哪个女人会无动于衷。杨贵妃也真爱了。一个人,尤其是一个女人,若是已没有青春,没有爱情,没有欢乐,她还要生命做什么?但杨贵妃清楚地知道,自己的爱恋虽然也执着也专一,但对于唐玄宗来讲,又是非常脆弱。她需要凭借自己的努力、自己的温柔、自己的风情,让唐玄宗沉湎其中,不能自拔。要从女人温柔的怀抱挣脱出来是需要力量的,力量的源泉只能是意志和使命。雄踞大唐帝国权力顶峰的唐玄宗是没有这种也不想有这种力量。

　　爱可以跨过时空,超越世俗,爱上一个人不需要过多的理由,但它需要尊严,不容半点玷污。一个男人可以在同一个时期爱上不同的女人,但是一个女人只会在不同时期爱上同一个男人。对于爱,女人要比男人更专注、更炽热、更恒久。于是当她得知唐玄宗心中还藏有其他女人时,她不惜冒着被打入冷宫、被驱逐的风险,去吃醋,去撒娇,去闹性子,去捉唐玄宗的"奸情"。这在古今中外的宫廷里,是绝无仅有的。你的过去我未曾参与,但你的现在,我就是你的唯一。刻骨的爱情之所以刻骨,就在于它容不得一丝虚假。终于,经过一场抗争,唐玄宗妥协了。那年七夕,长生殿上,唐玄宗与她立下誓言:"在天愿作比翼鸟,在地愿为连理枝。"爱就爱得光明坦荡、无所顾忌,就要知音相投,醉享温柔。水一旦流深,就会发不出声音;爱一旦情深,就会无怨无悔。

可惜,好景不常在,好花难再开,"渔阳鼙鼓动地来,惊破霓裳羽衣曲"。马嵬坡下,她听到了禁军的哗变,知晓了亲人的悲惨,也感受到了唐玄宗的无情。为了大唐的江山,为了李姓的前途,为了自己的安危,这位口口声声要呵护自己一生的男人,竟然背叛盟誓,"君王掩面救不得,回看血泪相和流"。

她终于明白了,自己用一生去追求的爱情,只是镜花水月、空中楼阁,自己虽然费尽心机赢得"三千宠爱在一身"的辉煌,也只是皇帝的玩物、他人的笑料。作为男子汉大丈夫,应该有担当,有胸怀,为自己钟爱的人撑起一片绿荫,遮风挡雨。你可以不爱我,但不能羞辱我,更不能羞辱我们曾经的爱情,把一切的罪责都加在一个弱女子身上。当得知一切都是欺骗,一切都是虚伪,一切都是烟云时,她的生命还有什么意义呢? 满目凄凉,无从诉说。

到底君王负旧盟,

江山情重美人轻。

玉环领略夫妻味,

从此人间不再生。

渭水奔流,落叶长安,泪满关山,谁人知晓,她用生命点亮了爱情的尊严?

（原载《颍州晚报》）

悲情英雄诸葛亮

诸葛大名垂宇宙,宗臣遗像肃清高。

三分割据纤筹策,万古云霄一羽毛。

伯仲之间见伊吕,指挥若定失萧曹。

运移汉祚终难复,志决身歼军务劳。

　　这是我国唐朝诗人杜甫对诸葛亮的赞叹,把他与古代著名的贤臣名相伊尹、吕尚并驾而论,远超汉代开国元勋萧何、曹参之上,真可谓古今罕有其匹。确实,诸葛亮联东吴,平南中,和西戎,出祁山,受六尺之孤,摄一国之政,位高而君不疑,权重而人不忌,高风亮节,竭智尽忠,六经以来惟二表,三代之后第一人。然而,"出师未捷身先死",严峻的事实是,连年动众,空劳师旅,他毕竟没有完成恢复汉室、统一中国的大业,最后抱憾终身地离去了。到底是什么原因导致诸葛亮的失败呢?难道真如杜甫所说的"运移汉祚终难复"?千百年来,众说纷纭,莫衷一是。

"凄凉蜀故妓,来舞魏宫前。"作为一个在事业上未成功的人物,诸葛亮能够赢得世世代代人们的敬仰,成为智慧的代名词,家喻户晓的旷世英雄,恒久地感动着历史,这是他的魅力所在。但是"已知天定三分鼎,犹竭人谋六出师",实际上诸葛亮在历史的舞台,诠释着悲剧的靓丽,探究这一成因,对我们的现实还是有着借鉴意义。他的失败悲剧成因如下:

　　首先,政治上不能与时俱进。公元207年,诸葛亮在《隆中对》中为刘备规划方略时提出"兴复汉室",因人民讨厌战争,思慕昔时和平生活,所以这一倡议有一定的号召力,然而人事有代谢,往来成古今,随着时间的推移,形势的变化,世事的更替,"兴复汉室"的影响特别是在中原地区日益无力。民以食为安,只要能吃上饭,老百姓才不管皇帝姓刘还是姓曹。他们怀念汉朝并不是怀念汉朝的皇帝,因为汉朝末年,政治黑暗,宦官专政,诛杀清流,腐朽的统治并没有为老百姓带来什么实际利益,所以他们怀念的仅仅是汉朝时的安定生活而已。随着曹魏在中原统治的稳定、经济的恢复,老百姓能吃饱饭,过上安定的日子,他们也就逐渐将汉朝淡忘了。终诸葛亮一生,他六次北伐,所盼望的老百姓"箪食壶浆"以迎王师的场面一次都未出现。诸葛亮的北伐,只是地主统治阶级割据集团内部的兼并战争,根本谈不上什么正义和非正义之分。世界潮流,浩浩荡荡,顺民者昌,逆民者亡,得民心者得天下,因而政治人物应该与时俱进,随着形势的发展变化而不断提出新的能符合人民利益、能获得人民热烈拥护的纲领口号,这样才能赢得民心,获得胜利。所以从这个角度来看,诸葛亮北伐失败,并不是能力不够,也不是魏国强大,更不是关山阻隔,而是不得民心。商汤以七十里之地王天下,文王以百里之壤而臣诸侯,皆用征伐定之,都是以弱小战胜强大的典型例子,盖以有道伐无道也。

其次,战略与战术有矛盾。虽然诸葛亮在战略上认识到王业不偏安,欲以一州之地难以与敌人持久抗衡,也就是说打仗打的是经济,蜀国仅有一州之地,国小力弱,难以与中原大国相比拼,但每次诸葛亮的北伐都是与对方打消耗战。既然明知自己的经济财力有限,可为什么不采取其他方式,不与敌方同等消耗呢?即如人们常说的比宝应该是龙王与龙王相比,而不应该是乞丐与龙王比。最终的结果是自己消耗不过对方,往往都以粮尽而撤军。

虽然在总的战略上诸葛亮有一个目标,"兴复汉室,还于旧都",但在具体如何实现这个目标上,诸葛亮并没有长远规划,即如勾践的十年生聚,十年教训,一切都准备成熟了才去攻伐吴国,称霸中原。然而诸葛亮每次都是乘兴而去,粮尽而归,无岁不征,空疲师旅,未能进咫尺之地,开帝王之基,而使国内受其荒残,西土苦其役调。北伐并没有错,但北伐的准备工作应做好、做足。聪明人不在同一个地方跌倒两次。综观诸葛亮的北伐,多次都是因粮尽而退兵的。

再次,军事上未能出奇制胜,料敌如神。"善出奇者,无穷如天地,不竭如江河。""兵无常势,水无常形,能因敌变化而取胜者,谓之神。"以弱抗强,只能出奇制胜,化弱为强,才有取胜的希望。而诸葛亮每次出师,行军路线,攻击目标,都被敌人所预料到。如孔明二次北伐时,竟连魏国的曹真都能料到"以亮惩于祁山,后出必从陈仓",乃使将军郝昭、王生守陈仓城,扼守要冲,严阵以待。不出所料,果然孔明大兵越散关来攻陈仓。孔明以为自己有众数万,而郝昭、王生兵才千余人,又估计魏国救兵一时不能赶到,于是以云梯、冲车等攻城,被守兵用火箭烧毁云梯,石磨压折冲车。诸葛亮又掘地道,企图潜入城里，复为守军于城内穿地横截所破。这样昼夜攻打二十余日，诸葛亮未能破城。因粮食垂尽，魏国救兵将到，诸葛亮只得下令退还汉中，休整士卒。一个弹丸之地，守城的才千余人，诸葛亮率数万人，居然连攻二十多天，还拿不下来。诸葛亮的军事谋略，由此可见一斑。也难怪陈寿评价其"于治戎为长，奇谋为短，理民之干，优于将略"。况且，既然是自己主动出击，才二十多天，军粮就用完了，可见诸葛亮的准备工作做得多么不充分。

相反，司马懿率军去平定辽东的公孙渊，据干宝《晋纪》，帝问宣王："度公孙渊将何计以待君？"宣王对曰："渊弃城预走，上计也；据辽水拒大军，其次也；坐守襄平，此为成禽耳。"帝曰："然则三者何出？"宣王对曰："唯明智审量彼我，乃预有所割弃，此既非渊所及；又谓今往悬远，不能持久，必先拒辽水，后守也。"帝曰："往还几日？"宣王对曰："往百日，攻百日，还百日，以六十日为休息，如此一年足矣。"从这段文字，我们可以看出，在战争还未开始，司马懿就已经预料到对方所采取的抵抗防守的计谋，最好的方案是逃跑，其次是据辽水抵抗，再次是据守老巢，甚至连这场战争需要多长时间都能预测准确。据此看来，司马懿在军事谋略上确实有过人之处。

最后，诸葛亮在选拔人才上过于求全责备，因循守旧。百年大计，人才为本。社会上各种竞争，归根结底，就是人才的竞争。谁能拥有一流人才，谁就立于不败之地。"治平尚德行，有事赏功能"，也就是说在太平盛世，看重的是人的道德修养；在狼烟四起，烽火连天的乱世，英雄割据，豪杰纷争，主要看一个人解决现实问题的能力。诸葛选拔人才的标准过于苛刻，有点接近"圣人"的标准，特别强调"德""勤""廉""慎"，即是否忠于弱小的蜀汉政权，是否对职守兢兢业业，是否奉公廉洁，是否谨言慎行。这样导致蜀汉的各级官吏，唯唯诺诺，他们虽然也公忠体国，恪尽职守，但缺乏开拓进取精神，这同曹操"任天下之智力，以道御之，无所不可"和"大用者不务细行"的唯才是举的选拔人才之道形成鲜明的对比。

不破常格、大才难得。曹操发布求贤令曰："昔伊挚、傅说出于贱人，管仲、桓公贼也，皆用之以兴。萧何、曹参，县吏也，韩信、陈平负污辱之名，有见笑之耻，卒能成就王业，声著千载。吴起贪将，杀妻自信，散金求官，母死不归，然在魏，秦人不敢东向，在楚，则三晋不敢南谋。今天下得无有至德之人放在民间，及果勇不顾，临敌力战；若文俗之吏，高才异质，或堪为将守；负污辱之名，见笑之行，或不仁不孝而有治国用兵之术，其各举所知，勿有所遗。"通过吴起、陈平的例子，说明即使不忠不孝，不仁不义也无所谓，只要你有治国用兵之术就行。又据《魏书》载："拔于禁、乐进于行阵之间，取张辽、徐晃于亡虏之内，皆佐命立功，列为名将；其余拔出细微，登为牧守者，不可胜数。"这再次证明了曹操不拘世俗、唯才是举方针的正确性。相反，诸葛亮对人才要求过严、过细。据《诸葛亮文集·用人》载，其用人方针是："问之以是非而观其志，穷之以辞辩而观其变，咨之以计谋而观其识，告知以祸难而观其勇，醉之以酒而观其性，临之以利而观其廉，期之以事而观其信。"这些标准制定得无可非议，但若以此为要求，则天下几无可用之才。最终魏国人才济济，而蜀汉人才断层。"蜀中无大将，廖化作先锋"的现象出现绝不是偶然的。

全力以赴，迎接明天的太阳

人生从这里张开翅膀,命运在这里得到转机。年年岁岁花相似,岁岁年年情不同。只要你不拒绝播种,不拒绝希望,不拒绝黎明,那么,明天就会迎来一轮崭新的太阳。每天都充满希望就像在黑暗里迎来曙光,沙漠里寻到绿洲,大海里看见港湾。人生不能没有梦想。没有梦想的人,是一块干旱的土地,一棵落叶的枯树,没有生机和希望。未来属于那些对自己的梦想充满希望的人。生活在希望中的人,是最幸福的人。

长城告诉我们,永恒的是信念,不停的是抗争。没有绝望的处境,只有绝望的人。只要全力以赴,我们就能从绝望的大山上,砍出一块充满希望的石头来。

黄河启迪我们,奔腾的是精神,高昂的是斗志。没有平庸的职业,只有平庸的人。只要全力以赴,我们就能穿越崎岖,赢得辉煌的明天。

十年磨剑,昂首向天,峥嵘岁月,竞显风流。既然选择了远方,就要风雨兼程,一往直前。

全力以赴,在你茫然的时候;

全力以赴,在你沮丧的时候;

全力以赴,在你年轻的时候;

全力以赴,在你拥有的时候。

太阳每天都是新的,生活处处充满希望。现在就开始吧,把握每段人生,把握每次机会,把握每个瞬间。不要再犹豫,不要再自卑,不要再畏惧,不要再沉沦。

青山不老,白云依旧。自信人生二百年,何不闪耀八万里?

别等花已凋谢,才想珍惜;

别等机会远去,才去痛心;

别等已经失败,才去悔恨。